## O PROJEKCIE HEKTOR I PRZYJACIELE DLA UKRAINY

Ta edycja stanowi specjalne wydanie książki pt. „Hektor, psia opowieść" jako odpowiedź na potrzeby ukraińskich dzieci, które zderzyły się z kryzysem wojny w ich pięknej ojczyźnie Ukrainie. Pomysł wydania książki w języku ukraińskim zrodził się z potrzeby serca i niesienia wsparcia emocjonalnego dla najmłodszych w trudnym dla nich czasie. To opowieść o dojrzewaniu, miłości, przyjaźni, poszukiwaniu domu, bezpieczeństwa i szczeniaku o imieniu Hektor w zestawieniu z szarą rzeczywistością wojenną. To historia, która dowodzi, że nadzieja nigdy nie umiera, a na każdego czeka szczęście.

Książka o walorach terapeutycznych po-

## ABOUT TH PROJECT HECTOR A FRIENDS F UKRAINE

This is a special edition of the book "Hector, A Dog's Story" as a response to the needs of Ukrainian children who face the crisis of war in their beautiful homeland, Ukraine. The idea of publishing the book in Ukrainian was born out of the heart's need and providing emotional support to the youngest in such a difficult time. It is a story about growing up, love, friendship, looking for a home, safety and a puppy named Hector compared to the grey reality of war. It is a story that proves that hope never dies and that happiness awaits everyone.

A book with therapeutic values that will help children to have

Ця публікація є спеціальним виданням книги «Гектор, собача історія», видана на потреби українських дітей, які зіткнулися з війною на своїй прекрасній батьківщині – Україні. Ідея видати книгу українською мовою народилася з потреби серця та для емоційної підтримки найменших у важкий час. Це історія про дорослішання, любов, дружбу, пошук дому, безпеки та цуценя на ім'я Гектор на тлі сірої воєнної реальності.

Це історія, яка доводить, що надія ніколи не вмирає, а щастя знайде кожен. Книга має терапевтичну цінність, бо допомагає дітям інакше поглянути на

maga dzieciom spojrzeć z innej perspektywy na to, co wydaje się trudne lub nie do pokonania. Dzieci to dobrzy obserwatorzy. Lubią dużo pytać, a ich ciekawość jest szczera i naturalna. Nazywają rzeczy po imieniu i przedstawiają świat takim, jakim go rzeczywiście widzą. Nie oceniają. Nie krytykują. Często zadają bardzo trudne pytania i oczekują od nas odpowiedzi lub wyjaśnienia.

Na co dzień tak jak każdy z nas muszą się zderzyć zarówno z tymi dobrymi jak i negatywnymi emocjami. Rozmowy na trudne tematy związane z wojną, odrzuceniem, chorobą, śmiercią czy osamotnieniem są często pomijane w literaturze dziecięcej jako tzw. niewygodne. Pies Hektor, który jest głównym bohaterem książki może być dobrym partnerem dla dziecka w poznawaniu świata i radzeniu sobie z trudnymi

a different perspective on what seems difficult or trumatic event. Children are good observers and they like to ask a lot and by nature very curious, sincere and pure. They don't judge. They don't criticize. They often ask very difficult questions and expect answers or clarifications from us.

Just like each of us, they have to collide with both good and negative emotions. Conversations on difficult topics related to war, rejection, illness, death or loneliness are often omitted in children's literature as the so-called uncomfortable. Dog Hector, the main character of the book, can be a good partner for a child in exploring the world and dealing with difficult emotions. Hector is a dog full of energy and curious about the world. He is an example that dogs see more than we think and are

те, що здається важким і нездоланним. Діти добрі спостерігачі. Вони люблять багато запитувати, їхня допитливість щира і натуральна. Вони називають речі своїми іменами і подають світ таким, яким насправді його бачать. Діти не судять. Не критикують. Часто ставлять дуже складні питання і очікують від нас відповіді чи пояснення.

Щодня, як і кожен з нас, діти стикаються із позитивними та негативними емоціями. Розмови на важкі теми, пов'язані з війною, відторгненням, хворобами, смертю чи самотністю часто замочуються в дитячій літературі як незручні.

Головним героєм книги є пес Гектор, який стане добрим другом для дитини у пізнанні світу та проживанні важких емоцій. Гектор – позитивний і допитли-

emocjami. Hektor jest pełnym energii i ciekawym świata psem. Jest przykładem, że psy widzą więcej niż nam się wydaje i szukają odpowiedzi na takie same pytania, jakie zadają sobie ludzie. To historia, która pokazuje, co naprawdę jest w życiu ważne.

**Podziękowania dla:**
Czterech tłumaczek:

Olga Yershova, Yulia Yukhymets, Justyna Wit, Wiktorii Dovhaliuk oraz wspaniałej redaktor Olena Bondarenko dzięki którym mogło powstać tłumaczenie książki.

Dla firmy *Jaaqob Holding*, która pomogła przy składzie książki.

Dla wszystkich znajomych i ludzi, którzy wierzyli w projekt i zachęcali do wydania tej edycji oraz wsparli finansowo zbiórkę na jej druk oraz bezpłatne przekazanie dzieciom w potrzebie (specjalne dla Szkoły Polskiej przy Ambasadzie RP w Paryżu z siedzibą w Lille).

looking for answers to the same questions people ask themselves. It is a story that shows what is important in life.

**Thank you to:**
Four translators:

*Olga Yershova, Yulia Yukhymets, Justyna Wit, Wiktoria Dovhaliuk* and the wonderful editor *Olena Bondarenko*, thanks to whom the book could be translated.

*Jaaqob Holding*, who helped with the composition of the book.

All friends and people who believed in the project and encouraged to publish this edition and financially supported the collection for its printing and free donation to children in need (special for the Polish School at the Polish Embassy in Paris with its seats in Lille).

вий. Своїм прикладом доводить, що собаки бачать більше, ніж ми думаємо, і шукають відповіді на ті самі запитання, які задають собі люди. Це історія, яка показує, що насправді важливо в житті.

**Подяка** чотирьом перекладачкам:

*Ользі Єршовій, Юлії Юхимець, Юстині Віт, Вікторії Довгалюк* та чудовій редакторці *Олені Бондаренко* завдяки яким відбувся переклад видання цієї книги.

Дякуємо також фірмі *Jaaqob Holding*, яка виконала редакторську роботу.

Окремо дякуємо всім знайомим та небайдужим людям, що вірили в цей проєкт, заохочували морально та фінансово видання цієї збірки та її безкоштовне розповсюдження серед діток.

| Patroni: | Partners: | Партнери: |
|---|---|---|

Кажуть, собаки відчувають подібно як люди. Я в це дуже вірю. Скажу більше – в деяких ситуаціях собаки, здається, відчувають сильніше. Особливо, коли не розуміють людських вчинків; як от сьогодні те, що відбувається в Україні. Ця книга може допомогти дітям молодшого віку, які також не до кінця збагнуть, що зараз діється навколо. Гектор, герой книги, стане провідником у світ емоцій і поможе не тільки зрозуміти, а й впоратися з важкими, й часто геть новими переживаннями. Бо в історії про Гектора також у тлі Друга світова війна. Однак це не війна тварин. Це війна людей, яка ніколи не мала статися – ні тоді, ні зараз. Гектор розповідає, зі своєї точки зору, що є важливим. Неочікувано собача історія стала дуже на часі і є такою необхідною.

**Уршула Слешинська, мама, журналістка, веде блог**
**dziecioczytanie.pl**

Війна – це щось страшне, особливо для дітей, яких ми повинні оберігати перед усіляким злом. Повертаючись до «Гектора, собачої історії» в зв'язку з актуальними подіями, я зрозуміла, що я – щасливиця, бо знаю про війну тільки з розповідей дідуся й бабусі. Я щиро сподіваюся, що мій син теж ніколи не зазнає подібного жахіття особисто. Гектор, чудовий пес, стикається із війною у книзі тільки через натяки, і, ведучи небезпечними лабіринтами повсякденного життя, повертає собі радість, показує надію в кожній кризовій ситуації. «Гектор, собача історія» – це прекрасна, ніжна, чудово ілюстрована історія для кожної дитини. Щиро рекомендую її нашим сміливим, маленьким і більшим сусідам-українцям.

**Анета Марчевська, вчителька польської мови, мати**
**майже 5-річного Яремка**

«Гектор, собача історія» – це позитивна подорож життям, якою її бачить пес. Завдяки Гектору діти можуть відкривати мотиви емпатії, дружби та надії. Нам справді сподобалася співпраця з Ренатою; ми ділилися історією Гектора через нашу мережу початкових шкіл. Історію Гектора діти сприймали чудово і вона була використана в проєкті наставництва собак для підтримки доброго самопочуття дітей. Спеціальне видання «Гектор, собача історія» – це проникливий спосіб підтримати та розважити дітей, які можуть зіткнутися з викликами, подібними до тих, з якими стикається головний герой книги – пес Гектор, зокрема із сірою реальністю війни. Книга також послужить для ширшого кола читачів як приклад любові та радості, які наші друзі-собаки привносять у наше життя.

**Стелла Вілсон, початкова школа Queen's Park, керівник Вестмінстерського дитячого університету**

Шкода, що моя донька вже надто доросла для казок, бо, не сумніваюся, що історія Гектора була б однією з наших найулюбленіших! Світ очима собаки так само простий, як світ очима дитини – важливі почуття та правда. Багато з нас могли б навчитися любові та відданості у наших чотирилапих друзів. Я бачила і читала багато історій про собак, а ця – особлива, бо говорить на складні теми доступним і зрозумілим для дитини способом. Історія Гектора затягує, проймає, розважає і навчає; вона залишається в серці маленьких і великих читачів, даючи надію, що любов завжди перемагає.

**Анна Самусьонек, акторка, мама і любителька собак**

Зворушлива історія дружби, любові та відданості. Кожен дорослий і малий повинен прочитати цю книгу, щоб зрозуміти, наскільки всяка тварина потребує нашої любові. Завдяки цій книзі, дивлячись на свого собаку, я твердо знаю, що ми завжди любитимемо його і ніколи не залишимо.

**Ґжеґож і Пауліна Беднарські, батьки та власники собаки**

Дуже цікава книга про пригоди; герой так багато часу проводить з родиною! Хоча у книзі порушуються сумні теми, історія має щасливий кінець.

**Войтек, 8 років**

Я вважаю цю книгу сильною і прекрасною. Вона породжує запитання і роздуми, часто досить складні, які виникають у дітей, що проживають історію Гектора разом з ним. З пригод і оповідок пса діти дізнаються, що життя має свої злети і падіння, однак варто бути рішучим і вміти любити – й все буде добре.

**Емі Сміт, шанувальниця собак**

«Гектор, собача історія» – це вдало переплетені емоційні американські гірки. Рената майстерно передає стани смутку та щастя, ведучи читача історією про собаку, життя якого розривається між коханням і втратами, надією та відчаєм, подібно як і людське, піддається незліченним, перемінливим емоціям. У книзі також є такі філософські аспекти, як роздуми про смерть, душу, існування, Бога, цілком можливо, що навіть собаки роздумують на такі теми. Гектор, собача історія – це рідкісна можливість поглянути на життя очима собаки. Так, життя – це любов. Життя – це теж радощі. Воно може бути непередбачуваним, воно може мати несподівані повороти, але якщо ви заглянете вглиб себе і сприймете дійсне, ви, безсумнівно, будете оточені любов'ю.

**Соувік Чоудхурі, тато 12-річної дочки і любитель собак**

Ця книга дуже хвилююча, із сумними та радісними моментами, я ніколи не знала, що буде далі. Мені сподобалася кінцівка, втішило, що Гектор, Міні та Оскар можуть бути разом. Я рекомендую цю книгу кожній дитині, яка любить собак так само як я!

**Джорджія Креддок, 9 років**

Це прекрасна повчальна історія про пса на ім'я Гектор, історія якого вже з першого розділу книги показує, що світ собак не надто відрізняється від нашого. Повороти сюжету і те, як головний герой знаходить свою безпечну гавань, дім і людей, які його люблять, дуже зворушливі. Сентиментальним для мене стало те, що в дитинстві у нас з братом був собака Гектор, і, читаючи цю книжку своїй восьмирічній доньці, я згадувала свого Гектора і розповіла про нього моїй маленькій слухачці. Сподіваюсь, що люди, прочитавши історію Гектора, дивитимуться по-іншому на самотнього пса на вулицях міста, а, може навіть, підберуть якогось і візьмуть у свою сім'ю ;).

**Барбара Бурчи, мама і любителька собак**

Мені дуже подобається книга, люблю Гектора та його пригоди. Він багато пережив у своєму житті, але врешті-решт знаходить щастя і справжній дім. Мені цікаво, як зараз справи у Гектора.

**Александра, 8 років**

Я читала цю історію з дочкою. Чекала простої історії про тварин та їхнє життя. Тим часом ми були залучені в драматичний і зворушливий перебіг подій. Важко було перестати читати, бо авторка давала фантастичне відчуття занурення у життя та світ емоцій головного героя. Ми з дочкою любимо книгу цю книгу і з нетерпінням чекаємо її продовження.

**Мама Євгенія Орлова та дочка Христина, 6 років**

Книга Ренати Камінської «Гектор, собача історія» є унікальною. Це твір про загальнолюдські цінності – любов і дружбу, а також чудовий урок гуманізму, викладений зрозумілою для дітей мовою. Такий спосіб виховання у молоді доброго ставлення до тварин, братів наших менших, найкращий з можливих. Гарний початок для потім доросла людина любила довкілля і Матінку-Землю. Однозначно рекомендую.

**Катажина Слива-Лобач, Фонд захисту прав тварин Mondo CANE**

Історія Гектора та його друзів показує, що є найважливішим у житті. Яким світ міг би виглядати очима собак і кішок, які у тварин потреби і бажання. А якщо ми насправді не сильно відрізняємося одне від одного, що власне і підтверджує історія Гектора? Книга також ламає табу в дитячій літературі щодо проговорення таких складних тем, як втрата, самотність і хвороба, показуючи нам, що це природні моменти нашого життя, даруючи віру та показуючи, наскільки важливі надія, спокій та сприйняття краси і щастя у важкі часи. Ця історія не тільки про одного Гектора, ця історія про багатьох інших тварин. Нашій уяві допомагають уявляти образи чудові ілюстрації, зроблені особливо старанно. Авторка дає нам прожити сильні емоції, водночас оповідаючи та показуючи, наскільки важливо говорити про відчуття та почуття. Все це змальовано цікаво та захоплююче.

**Моніка Соколовська, собачий психолог, власниця компанії Psi Spacer**

# Гектор, собача історія

# Гектор, собача історія

## Добра оповідка про любов тварин, дружбу та цуценя, яке шукало щастя

**RENATA KAMINSKA**

«Гектор, собача історія» – публікація Renata Kaminska

Текст © 2022 Renata Kaminska

Дизайн обкладинки та ілюстрації: Irfan Budi Harjo,
© 2022 Renata Kaminska
© 2022 Kamreno Ltd

Переклад: Olga Yershova, Yulia Yukhymets,
Justyna Wit, Wiktorii Dovhaliuk

Редактор: Olena Bondarenko
Композиція книги: Jaaqob Holding

ISBN: 978-1-8380222-6-6

Ви можете відвідати наш веб-сайт і підписатися
на оновлення: www.hectorandfriends.com

# ЗМІСТ

# ПОДЯКА

Дитиною я була великою мрійницею. Одна дитина в сім'ї, я часто відчувала себе самотньою і позбавленою товариства інших дітей. Може тому так багато радості мені давало створення власного уявного світу і гра з собою, яка часто зводилась до монологів. Але тоді мені це не заважало. Мені подобалося самостійно створювати іграшки та будувати дивні конструкції, які мали відтворити світи, вигадані в моїй голові.

З іншого боку, мені дуже подобалося проводити час з дорослими. Я відчувала, що у нас багато спільних тем. Однією з найважливіших людей у моєму житті стала моя кохана Бабуся. Бабуся була для мене не тільки другою матір'ю, а й джерелом моєї найбільшої мотивації. Була людиною з великим серцем і великою життєвою мудрістю. Завжди вірила в мене і мої ідеї. Саме бабуся стала моїм найбільшим життєвим двигуном і тридцять років наполегливо підштовхувала здійснювати мрії. Не стане слів, щоб висловити їй мою вдячність за те, що була у моєму житті так довго. Тож я хочу присвятити цю книгу їй. Бабуся значила для мене більше за усіх.

Не була б я тією, ким стала, і без моїх батьків. Я вдячна їм за те, що виховали в мені потребу бути доброю та амбітною людиною. Мені дуже пощастило, що моя Мама досі зі мною. Бо тільки мама дарує чисту та безумовну любов, без якої важко вижити в світі, повному негараздів. Тож я хочу подякувати Батькам за те, що вони зі мною.

Наостанок дякую всім своїм друзям і людям, які вірили в мене і спонукали опублікувати цю історію. Ви помогли мсні повірити, що ніколи не варто відмовлятися від своїх мрій, навіть тих дитячих.

Собака – єдина істота на землі,
яка любить вас більше, ніж себе.

Джош Біллінґс (також відомий як Генрі Уіллер Шоу, гуморист і викладач)

# ВСТУП

Я щиро вірю, що собаки, як і люди, мають особистість і почуття. Виявляють їх поглядом, гавканням і маханням хвоста. А якби вони ще вміли говорити! Недарма кажуть, що собака – найкращий друг людини. Відомо багато прикладів дивовижної дружби між людиною і собакою.

А хіба не цікаво уявити, як виглядає світ з точки зору собаки. Чи справді собачий світ чорно-білий? Чи сприйняття дійсності хвостатими настільки далеке від нашого? Чи собаки теж щодня стикаються з труднощами життя і шукають відповіді на екзистенційні питання? А якщо так? Чи не хотілося б вам знати, як саме собаки переживають і відчувають емоції, подібні до людських?

Я була єдиною дитиною у сім'ї й часто почувалася дуже самотньою і позбавленою товариства інших дітей. Це було однією з причин, чому я мріяла завести собаку. Коли це нарешті сталося, моє життя почало вигравати барвами. Зараз це може здатися наївним, але я справді знайшла у хвостатій істоті справжнього друга, який був зі мною протягом усього мого підліткового життя, поки я не стала дорослою. Пес дарував мені щиру і безумовну любов до останніх днів свого життя.

Так зародилася ідея написати історію цуценяти на ім'я Гектор. Мені тоді було дванадцять. Я хотіла створити історію, яка могла б статися з кожною людиною, з кожним із нас. Ця розповідь про дивовижного пса, який, як і всі ми, прийшов на світ не просто так, і головне, чого прагнув, – це знайти щастя. Постать Гектора показує, що собаки бачать людину зсередини і, на відміну від людей, бачать нас такими, якими ми є насправді, а не якими намагаємося здаватися, одягаючи різні маски.

Це розповідь про дорослішання, справжнє кохання і дружбу, пошук домівки, безпеки, а також про подолання щоденних труднощів на різних етапах життя під час Другої світової війни. Це історія, яка доводить, що надія ніколи не вмирає, і кожен знайде своє щастя. Ця оповідь показує, що насправді є важливим в житті. Це лекція покори і наука про цінності, якими треба керуватися. Це розповідь про нас – людей. Давайте на мить поринемо в світ собак і кішок, поглянемо на життя їх очима. Можливо, ми не надто різні...

# РОЗДІЛ I

# СВОБОДА

Мене звати Гектор. Я народився 28 листопада 1939 року в маленькому сільському будинку на околиці Відня. Моя мати була найвродливішою сучкою округи – стрункою білошерстою гаванез на ім'я Маркіза. На відміну від мене, мама з породистих собак. Вона виросла у красивій білій віллі з величезним садом, повним зелені та квітів. Там у десяти кімнатах мешкала сім'я лише з чотирьох осіб, яка мала у своєму розпорядженні ще п'ять гостьових апартаментів, кожен з окремою ванною кімнатою та гардеробною. Господарів знали та поважали в околиці, тож вони часто влаштовували вечірки, на які збиралися сотні людей. Будинок оточував великий цегляний мур, з-за якого виглядали тільки найвищі дерева.

Мама їла зі срібних мисок, а у її буді могли б розміститися ще щонайменше троє собак. Незважаючи на це, мама відчувала себе дуже самотньою та ізольованою від решти світу. Цілими днями вона байдикувала або бавилась з дітьми, які сприймали її як чергову іграшку. Проте життя в будинку найбагатшої родини в околиці давало свої плюси. Мама мала не тільки десяток мисок, а навіть власного кухара, який готував для неї страви так само дбайливо, як і для решти мешканців будинку. Всі продукти були найвищої якості, доставлені за спеціальним замовленням власників. Прекрасну гаванез щодня розчісували й належно доглядали, її біле хутро блищало на сонці, мов лицарські обладунки. Одним словом – мамі пощастило, й вона, певно, й далі вела б таке чудове життя, якби одного разу не зустріла Рекса, мого батька.

Рекс, на відміну від моєї мами, був звичайним дворнягою. Про його походження можна було тільки здогадуватися. На перший погляд, він чимось нагадував німецьку вівчарку. Був високий і зграбний. Та його коричневе, вигоріле на сонці хутро свідчило про низький статус і занедбаність. Було видно, що його рідко мили. Шерсть видавалася тьмяною, тонкою і ламкою, а що найгірше – на шкірі виднілися сліди безлічі укусів бліх і кліщів. Незважаючи на це, пес тримався гордо й упевнено, що, безсумнівно, імпонувало жінкам. Рекс не мав жодних грамот і нагород. Зате був надзвичайно життєрадісним і рухливим собакою, який проводив час, ганяючи овець. Так, мій тато був собакою-вівчарем.

Таки щось спалахнуло між ними. Те, що Рекс закохався в мою маму з першого погляду, мене зовсім не дивує, але що мама знайшла в ньому? Одного разу я запитав її про це. Відповіла, що її зачарувала його свобода. Зізнаюся, я не зовсім зрозумів, що вона мала на увазі. Тільки з часом усвідомив, *що* саме мама називала свободою. Як породиста собака мама проводила час тільки вдома або в компанії інших, не менш добірних, собак. Її господарі чітко встановили, що для неї можна, а що заборонено. Рекс навпаки – міг робити усе що заманеться: виходити ввечері з дому, валятися на траві, вести насичене товариське життя. Він був настільки безтурботним, що, коли мама завагітніла, утік з ферми. Мене досі цікавить: він утік зі страху перед батьківством чи перед своїм господарем. Якою не була б причина, я ненавиджу його за те, що він кинув маму напризволяще.

З іншого боку, мені не вистачає спогадів про спільні забави і я шкодую, що ніколи не мав батька. Інколи уявляю, як склалося б, якби він не залишив нас. Чи був би супер татусем? Чи я ще колись його зустріну? Інколи уві сні я марив, що тато до нас повернувся. Але в моїй уяві він поставав іншим. Тато подорослішав і зрозумів, що сильно нас скривдив. Тому хоче компенсувати нам це, ставши ідеальним батьком і чоловіком. Кожного дня ми разом проводимо час. Разом бігаємо у полях, і тато навчає мене різних трюків. Вечорами сидимо разом з мамою в садку, дивимося на захід сонця і слухаємо нічні концерти природи. Таким могло б бути наше життя, якби тато повернувся. Хто знає, можливо одного разу я прокинусь, а він буде стояти наді мною і посміхатися. Мені було важко змиритися з думкою, що тато зовсім нас відцурався.

Господарі мами не могли змиритися з тим, що вона вагітна. Знали, що щеня не матиме родоводу. Боялися реакції друзів, пліток, а найбільше не хотіли витрачатися на виховання безпородної істоти. Тож відправили маму в притулок, звідки, на щастя, її забрало і оточило турботою подружжя Трап.

Все відбувалося настільки швидко, що я майже не пам'ятаю того дня. Єдиний образ, який досі перед очима: величезні сльози течуть з маминих очей, а білий будинок за високим муром віддаляється. Далі просто тиша і далека дорога. Не пам'ятаю достеменно, як виглядав притулок, як ми туди потрапили. Не пам'ятаю, чи добре там до нас ставилися, чи були в нас друзі. Чомусь у мене чорна пелена перед очима.

Я вважав себе щасливчиком, живучи у Трапів. Це було бездітне подружжя старшого віку. Вони любили мене і гляділи як власне дитя. Трапів не назвати заможними, однак вони намагалися забезпечити нам найкращі умови. Я завжди мав чисту постіль і теплу їжу. Взимку нам з мамою дозволяли спати в будинку, а не мерзнути в дерев'яній буді. Обоє стареньких були дуже життєрадісними людьми, і мені подобалося проводити з ними час.

Пан Тадей Трап, попри похилий вік, лишався енергійним і навіть після важкого робочого дня в полі знаходив час для ігор зі мною. Нашою улюбленою розвагою було шукання м'яча. Пан Тадьо брав червоний шкіряний м'яч і щосили запускав удалечінь. А я мав знайти м'яча серед колосся. Зазвичай мені це вдавалося без проблем. З гордо

піднятим хвостом я приносив м'яч у зубах і клав до ніг господаря. Він аплодував, а потім ніжно лоскотав мене за вухом. Були дні, коли містер Трап почувався у відмінній формі і міг закинути м'яча дуже далеко. Тоді пошук займав дещо більше часу, але й мені було веселіше. Я відчував себе справжнім детективом. Після кожного такого насиченого враженнями дня ми надвечір поверталися додому. На порозі нас чекала завжди усміхнена пані Маргарита Трап. Вона ніжно цілувала чоловіка в рожеву щоку, а потім чухала мене під шиєю. Було видно, що старенькі дуже люблять і прості спільні вечері приносять їм велику радість. Чи я не щасливець, що опинився саме під їхнім дахом? Пані Трап також чудово куховарила і дбала, аби ми, мама і я, завжди були ситі. Я дуже любив господарів. Мама теж здавалася щасливою попри те, що жила в набагато гірших умовах, ніж звикла. Було видно, що їй складно пристосуватися до нового середовища, їй бракувало певних речей для комфорту. Однак вона намагалася бути стриманою і жодного разу не показала невдоволення. Попередні власники не були щедрі на ласку й турботу, хоча забезпечували високий рівень життя. Від старих Трапів, яким доводилося рахувати кожну копійку, не можна було очікувати розкоші. Та мама любила і поважала їх. Цінувала те, що Трапи робили для нас, і насолоджувалася любов'ю, яку нам давали. Це допомагало їй витримувати певні незручності.

# РОЗДІЛ II

# СЛЬОЗИ І ПРОЩАННЯ

Коли мені було шість місяців, пані Маргарита важко захворіла на запалення легень. Пан Тадьо з самого ранку поїхав по лікаря до Відня за тридцять кілометрів від нашого села. Ми з мамою залишились біля хворої. Не пам'ятаю точно, котра була година. Либонь рання, бо на листях трималася роса і кури здавалися сонними. Я сам був ще заспаний і перевертався з боку на бік.

Через годину перед будинком стояла і виблискувала на сонці велика червона медична машина. Доктор Свен був єдиним лікарем у цій місцевості. Його важко було назвати добродушним і співчутливим. Та люди шанували лікаря за його вміння. Доктор Свен знав, що мешканці залежать від нього і певною мірою цим користався. Його помістя вивищувалось над навколишніми невеликими кам'яницями, а машина блищала так, наче її лакували щодня. Доктор був також єдиною особою, уповноваженою виписувати рецепти, що додавало йому влади і змушувало аптекарів почуватися залежними. Отож доктор

Свен тримався гордовито і неприступно. При цьому з якоїсь причини він любив пана Трапа і регулярно бував у нас на партії в шахи. При кожній нагоді нахвалював суп пані Маргарити і вдячно залишав кілька пляшок вина та картоплю, яку пан Трап потім міняв або продавав на базарі. Для лікаря такі жести не мали великого значення, бо алкоголь, як і картоплю, він отримував у дар від місцевих, які намагались підкупити прихильність ескулапа.

Доктор Свен, як завжди, зайшов у будинок, зняв черевики та пальто і пішов ретельно вимити руки. Тільки потім зайшов у кімнату пані Маргарити і почав на всі боки оглядати хвору, використовуючи дивне металеве приладдя. Мама пояснила мені, що лікар оглядає недужу пані, щоб встановити діагноз. Я не зовсім розумів, що воно таке, але здогадувався, що певно щось важливе.

— Мамо, що таке діагноз?

— Лікар визначає, чим хворіє людина.

— А як саме?

— За допомогою інструментів лікар перевіряє, скажімо, чи є у хворого температура, як він дихає, чи запалене горло.

— Ааа чи...?

— Гекторе, я тобі потім усе розкажу. А зараз сиди спокійно і дивися.

Невдовзі мій господар мав коротку, але емоційну розмову з лікарем.

– Любий друже, мені страшенно шкода, та ваша дружина у важкому стані.

– То що ви порадите, Докторе?

– Поки що компреси та уколи пеніциліну двічі на день.

– Дякую за пораду і візит, Докторе!

– До побачення!

Досі я думав, що у лікаря Свена немає почуттів, а гроші – єдине, що для нього важливе. Та зараз виразно бачив занепокоєння на його обличчі. Емоції виявляли його щирий жаль, ба навіть зраджували те, що лікар, чи не вперше, не панує над ситуацією. Доктор Свен для підтримки поплескав пана Трапа по плечу й поспішив до виходу.

Коли за лікарем зачинилися двері, мій господар зблиднів і засмутився. Пан Трап був виразно пригнічений. Я не до кінця розумів усього, та здогадався, що йому не сподобався діагноз. Не ясно було, однак, сумний пан Трап тому, що зрозумів діагноз, чи тому, що точно не знає, чим хворіє пані Трап. Після довгих роздумів я дійшов висновку, що все ж таки перше. Доктор Свен – досвідчений лікар і друг пана Трапа. Тому не вірилося, що міг просто піти, не сказавши, що за недуга терзає пані Маргариту. Зрештою, мабуть, для цього його й викликали.

Пан Тадьо зняв окуляри й пішов на кухню. Сьорбнув чаю і непорушно завмер, упершися головою в стіну. Я хотів якось розрадити господаря, та далі не розумів, що сталося. Тому просто бігав колами. Пан Трап так занімів, що навіть не помітив мене. Я почав скакати й смикати його за штанину. Та й тоді він навіть не здригнувся. Я загавкав щосили – господар глянув на мене невидющими очима.

Зрештою мій пан зауважив мене. Опустився на коліна поруч зі мною і ніжно пригорнув до грудей. У його очах стояли сльози. Уперше в житті я бачив господаря таким сумним. Пан Тадьо увесь тремтів. Обійняв мене ще сильніше і прошепотів здавленим голосом:

– Ой, Гекторе, Гекторе, здається, скоро ми залишимося самі.

– Гав, гав, – загавкав я і замахав хвостом. Я далі не тямив, що він мав на увазі.

Прокинувшись наступного дня, я помітив у маминих очах той же смуток, як учора в пана Тадея. Загалом атмосфера була дивною. У повітрі висіло щось погане. Я не знав що коїться, однак нервував і навіть не мав апетиту на улюблений сніданок. Я вибрався зі свого ліжечка і побіг до мами, яка сиділа в передпокої, вдивляючись у двері.

– Мамо, мамо, чого ти сумна?

– Слухай, синку, ти вже досить дорослий, тож може зрозумієш, що я тобі скажу.

– Так, певно, так. Гав гав?!

– Пані Маргарита дуже хвора. Сьогодні вранці лікар знову відвідав її і сказав нашому господарю, що пацієнтка може більше не приймати ліки, які він їй прописав...

– Гав, гав, чому мамо?

– Доктор Свен вважає, що пані Маргариті потрібне диво, аби одужати. Ніякі ліки не можуть їй допомогти.

– Хіба так буває? – подумав я. – Диво? Що таке диво? Його можна купити? – запитав я себе. Якщо так, то є надія. Якщо справа в грошах, я ладен не їсти місяць і пити тільки воду. Знаю, що лікар Свен недешевий, але він має безліч знайомств. Безсумнівно, він знайде де купити диво.

– Ми заощадимо і зможемо дістати препарат, так?

– Синку, любий, справа не в цьому. Таких ліків, які могли б вилікувати пані Маргариту, просто не існує.

– Як же це, мамо? Не існує? Хіба так буває? – Я почувався таким безсилим.

Весь день я проходив сумний і понурий. Моя мама та мій господар з кожною хвилиною ставали все більш зажурені. Жодне не їло й не пило. Мені також нічого не хотілося. Я просто оббіг кілька кіл навколо садка і викопав кілька ям. Зголоднів і ліг спати. Настала ніч.

Несподівано я відчув, як хтось важко дихає, а потім сильно кашляє. Я нашорошив вуха й почув тупіт багатьох ніг.

Глибока ніч, а люди метушаться! Мами теж не було на місці, а перед будинком стояла машина лікаря Свена. Здивований тим, що відбувається, я потупцяв на голоси людей до якоїсь кімнати. Людей зібралося багато. Була там моя мама, лікар і пан Тадьо. Під вікном стояло ліжко пані Маргарити. Я зрозумів, що ми у спальні нашої господині. Пригадав мамині слова і заціпенів від здогадів. Зрештою набрався сміливості і тихо увійшов.

— Мамо, що коїться?

— Синку, пані Трап помирає.

— Помирає?!

Хоча я був цуценям, та вже знав, що означають слова «смерть» і «вмирати». Враз я відчув велику порожнечу і смуток у серці. Я більше не міг радісно махати хвостом і розважатися. Я так сильно хотів допомогти пані Маргариті! Та не знав, як саме. Бо я усього лише малий пес і нічого не можу вдіяти.

Раптом пані Маргарита важко щось прошепотіла. Пан Тадьо узяв мене на руки й поклав на ліжко своєї дружини, тож я зрозумів, що мова йшла про мене. Моя кохана пані тулила мене і гладила. Мені було так добре! Тим більше я не хотів сприймати те, що вона вмирає. Як це можливо, що від її хвороби немає ліків?

Моя люба пані зав'язала мені на шиї червону стрічку із написом «Гектор». Так мене звали. Я не зрозумів цього дивного, але приємного для мене подарунка.

Я хотів подякувати моїй пані, лизнути щоку. Та рука пані Маргарити, яка щойно мене гладила, зісковзнула на покривало. Щось мені підказувало, що ця чудова жінка, яка мене так любила, більше не з нами. Мої вуха впали.

Я підліз під руку любої пані Трап й завмер. Рука була холодною.

Згодом до ліжка підійшов священик. Священик робив дивні рухи руками, потім прочитав щось із товстої чорної книги, яку мав із собою, й зник. Кажуть, що так роблять завжди, коли хтось помирає. Не знаю нащо, та якщо для моєї пані це добре, то я не проти. Мама каже, що після такого ритуалу людина очищається, а її душа готова покинути тіло. Треба визнати, що ритуал такий собі, бо священик не використав мило, а просто окропив тіло водою. Однак, вірю, мама знає що каже.

Ніч обіцяла бути довгою і важкою. Пан Тадей ні на мить не зімкнув очей. Міряв кроками будинок. Постійно комусь дзвонив і пив чай. Я тієї ночі також не міг заснути. Відчував, як щось болить у серці. Подібне трапилося зі мною уперше, і я не знав, що з цим робити.

До усього мені не давали спокою слова мами про тіло й душу. Я намагався зрозуміти, що вона мала на увазі. Невже кожен з нас складається з двох рівнозначних частин – душі та тіла? І коли ми живемо, одне функціонує в іншому, а після смерті ці частини роз'єднуються? Одна, після очищення священиком, відлітає, а інша залишається? Але якщо одна брудна, що стається з нею далі? А душа? Куди вона летить? Чи всі душі летять в одне й те саме місце? Якщо так, то, можливо, моя колись зустрінеться з душею пані Трап і ми знову будемо разом? Мене це неабияк розтривожило, та, втомлений своїми думками, я врешті-решт заснув.

Наступного дня відбулася дивна церемонія, яку люди називають похороном. Мама пояснила мені, що це свого роду прощання. Того дня пані Маргарита виглядала чудово. На ній була чорна оксамитова сукня з білим мереживом та білі шовкові рукавички. Волосся також лежало інакше, заплетене навколо голови у косу й прикрашене запашними фіалками. Глянеш на неї, й здається, наче вона спить і незабаром прокинеться.

– Дивна та смерть, – подумав я. Цікаво, а душа вже відлетіла? Священик знову робив свої дивні рухи, а потім двоє кремезних, одягнених у чорне, чоловіків замкнули скриню, в якій лежала моя пані, і опустили у велику яму, яку засипали землею. На одному краю прикопали дві перехрещені дощечки. Страшенно дивно. Не знаю, нащо таке робити. Може хотіли помітити місце, де лежить покійна? Мама сказала, що це називається хрест. Так чи інакше, я вже знав, що стається з тілом після того, як душа його полишає.

Через два дні після похорону наш господар вирішив продати будинок і переїхати до Відня. Таке рішення стривожило нас із мамою. Ми не хотіли виїжджати. Ми любили цей будинок. Думаю, що містер Трап теж, але, мабуть, будинок без пані Маргарити для нього вже не був тим самим домом. Йому доводилося щодня переступати поріг, де вже не чекає кохана дружина, і змиритися з тим, що вона більше ніколи не поцілує його в щоку. Як тільки

подумаю про це, сльози наповнюють мої очі. Хочеться кричати і плакати.

# РОЗДІЛ III

# ПЕРЕЇЗД

Таки настав день переїзду. Після сніданку пан Тадей пішов помолитись над могилою дружини. Повернувшись, запакував сумки та валізи у машину. Ми з мамою мали місце на задньому сидінні. Рушили. З очей моєї мами та мого господаря котилися величезні сльози. Мені теж хотілося плакати. Я знову відчув той дивний біль у серці. Так сумно було покидати свій дім. Здається, особливо це відчувала мама, бо знову вимушено залишала місце, яке любила. Боюсь, на неї нахлинули страшні спогади про той день, коли її у клітці відвезли в якусь сіру і темну будівлю, тобто притулок. Єдине, що втішало, що у притулку вона була не сама. У кожній клітці погавкували інші собаки та м'явкали коти, від яких відмовились. На щастя, я нічого з цього не пам'ятаю. Єдині мої спогади пов'язані із затишним домом Трапів.

Ми їхали довгенько, аж дісталися місця призначення. Зупинилися перед сірим обшарпаним будинком, якому на вигляд було щонайменше років сто. З усіх боків відпадав гіпс і стирчали дивні дроти. Околиця така ж – геть нецікава. На вулицях порожньо і сумно. Не вистачало дерев і квітів. У очі впадали старі контейнери, повні сміття та будівельних залишків. Навколишні будівлі також навіювали страх. Я почувався незатишно й над усе хотів би опинитися знову у нашому малому сільському будиночку. Місце переді мною викликало жах. Воно було відверто гидке та гнітюче. Я заплющив очі і почав уявляти, що оце все зараз – тільки поганий сон. За мить я прокинуся і знову буду в нашому доброму домі. Прогуляюся кімнатами, пийну води та ляжу в своїй улюбленій буді на післяобідній сон. Саме зібрався в уявній буді вмоститися, як почув шарпання.

Моя буда зникла. Пан Тадьо взяв мене на руки і разом із валізками заніс до квартири на другому поверсі. Було видно, що там давно ніхто не жив. Довкола сама пилюка та бруд. На вікнах висіли зім'яті, з'їдені міллю бордові штори. Кімната здавалася неживою. Окрім ліжка та старої шафи у кімнаті стояв ще невеличкий запилений столик із лампою. Я боявся залишатися тут, та не було вибору. Пан Тадей розстелив на підлозі мою улюблену ковдру, нагодував нас і пішов спати. Ніч проминула дуже швидко. Я так втомився від вражень, що відразу заснув. Навіть не пам'ятаю, що мені снилось.

Наступний день минав сумно, нічого цікавого не відбулося. Кожен наступний виглядав так само. Вранці ми вставали, снідали, а потім йшли на прогулянку до невеличкого скверу біля кам'яниці. Так ми гуляли годинами – то в один, то у інший бік. Потім робили перерву на обід і знов виходили на прогулянку аж до темряви. Під вечір господар слухав радіо, а я гравея з мамою клубком шерсті. Мені не вистачало пані Маргарити, її ніжності та смачних обідів. Мені весь час хотілося плакати. Тож я почав думати, чи можна якимось чином зв'язатися з душею моєї пані. Може мама знає, куди вона полетіла. Якщо так, то, ймовірно, пані Маргарита могла б нас провідати, або ми її, хоч на трохи. А якщо душі цього не можуть? Що насправді вони роблять після смерті? Подібні думки не давали мені спокою.

Пан Тадей все рідше виходив з дому, та й нам не дуже хотілося щось робити. На вулицях було чути дивні крики й гуркіт, що вселяв страх. Так минуло два роки. Був 1941 рік.

Пан Трап, досі перебуваючи в жалобі, проходжувався по кімнаті. Час від часу зиркав на мене, а я на нього. Минали хвилини й години. Сутеніло. Попри втому я намагався віддано супроводжувати свого господаря під час його вечірньої прогулянки, але відчував, що все більше й більше втрачаю сили. Аж мої лапи ввігнулися піді мною, і я ліг на ковдру. Я заснув.

# РОЗДІЛ IV

# ВТЕЧА

Прокинувся я від променів ранкового сонця, які наповнили кімнату крізь вікно. Розпочинався гарний день. Перший такий гарний, відколи ми приїхали. Я радісно підскочив, потягнувся і побіг до ліжка моєї мами.

— Мамо, мамо, прокинься!

— Що трапилось, синку?

— Ходімо по нашого пана Тадя. Глянь, яка гарна погода.

— Добре.

Ми увійшли в кімнату, у якій стояло ліжко господаря. Моя мама заскочила на нього і лягла поряд з нашим паном. Раптом почала вити. Я теж заскочив на ліжко й лизнув бліде, холодне обличчя старого чоловіка. Таке ж мала у свій останній день пані Трап. У моєму серці з'явилося вже знайоме дивне передчуття. Та я вирішив не здаватись. Якщо облизування не діє, може варто пошарпати за рукав – і таким способом вдасться розбудити. Господар не реагував. Тож я почав скакати по ліжку. Врешті-решт я розгублено зіскочив на підлогу і щосили потягнув ковдру. Може, якщо я її стягну, господар прокинеться, – подумалося. Мама вила і вила і, здавалося, не збиралася припиняти.

– Гекторе, що ти робиш?

– Намагаюсь розбудити пана Трапа. Мамо, чого ти так виєш?

Мама нічого не відповіла. Тільки голосно гавкнула.

– Синку!

– Що, мамо?

– Пан Тадей помер!

– Помер? Мамо!

– Не плач, любий.

– Що тепер з нами буде?

– Не знаю.

Після цих слів мама зіскочила з ліжка і побігла у кухню. Я хотів піти за нею, але вона заборонила. Вона хотіла побути наодинці. Я не знав, що з собою вдіяти, тому просто вмостився на ліжку і чекав. Я був розгублений, ошелешений, до того ж почав міркувати про душу пані Трап, і чи то вона покликала до себе душу чоловіка? Чи він помер, щоб його душа могла покинути тіло

і приєднатися до душі дружини? А може мої думки без-
глузді? Чому вона не покликала мене або мою маму? І де
живуть всі ці душі?

Через декілька годин з кухні повернулась мама. Вона
лизнула мене по загривку і вибачилася за те, що була
відштовхнула. Їй боліло через смерть господаря, і мама
потребувала часу, щоб все спокійно обмислити. Тому
мусила побути на самоті.

Мама вирішила, що нам необхідно знайти новий
дім, однак перед тим, як ми назавжди покинемо цей, –
мама хотіла повідомити поліцію про смерть пана Трапа.
Наступного ранку мама вийшла сама на вулицю, щоб
знайти найближчий поліцейський відділок. Маму здиву-
вало, що вулиці виявилися геть безлюдними. Атмосфера
довкола навіювала сум, наче вулиці вели містом духів.
Через дві години пошуків мама змогла знайти якихось
людей. То були два високі чоловіки в одязі сірого кольору,
з дивними палицями в руках. Чоловіки були взуті у високі
чорні черевики, вдягнені у шкіряні пальта, а на їхніх
рукавах виднілись червоні пов'язки з дивним чорним
символом. Мама вирвала з рук одного з чоловіків шапку
та помчала з нею додому. Чоловіки побігли слідом. Один
з них почав стріляти, викрикуючи слова дивною мовою.

Я припускав, що мама муситиме піти на пошуки людей
трохи далі ніж зазвичай, однак я аж ніяк не сподівався,
що її похід триватиме так довго. Я крутився з боку на бік,
бавився клубком ниток, та все одно було нудно. Хвилини

тягнулись наче години. Я почав непокоїтись, чи з мамою не сталось щось погане. Знав, що вона відійшла далеко, та кожне місто зрештою десь закінчується. Вулиці не безкінечні. Надворі йшов дощ. До того ж якось моторошно гуркотіло та свистіло. З самого початку нашого переїзду я дивувався, що то за неприємні звуки.

Несподівано почулося скрипіння дверей і гупання важких чобіт на сходах. У кімнату вбігла перелякана мама і відклала на підлогу шапку. Швиденько схопила мене за шкірку й потягла ховатися під ліжком, на якому все ще лежав наш господар. За кілька секунд до кімнати увійшли двоє чужих чоловіків. Вони щось викрикували і махали руками. Я був страшенно наляканий. Не міг второпати, що відбувається. Нащо мама привела цих людей? Чи вони нам якось допоможуть? Чужаки не здавалися добрими людьми. Мали колючі погляди і гострі риси обличчя, які видавали їхню злу вдачу. Можна було подумати, що то брати, бо вдягнені вони були точнісінько так само. При боці мали дивні палиці і щось, що люди називають пістолетами. Я так налякався! А ще відчував, як тремтить моя мама. Це точно не були люди, які могли б про нас подбати.

Згодом ми знову залишились самі. Мама мовила, що треба вже йти. На прощання я лизнув обличчя господаря і прикрив його хустиною, яка лежала поряд. Я не хотів, щоб пан Тадьо змерз, лежачи в цій холодній і брудній кімнаті. Побіг за мамою, яка була вже на сходах. Я знову відчув пустку в серці, а в моїх очах почали збиратись

сльози. Пані і пан Трап були чудовими людьми. Чому вони померли? Чому саме вони? Мама каже, що їх покликав до себе Бог, і що так буває. Рано чи пізно він покличе кожного з нас, але, на жаль, ніхто не знає, коли саме.

Я гадки не маю, хто такий цей Бог, але він мені не дуже подобається. Бог поводиться несправедливо і неввічливо. Хіба можна забирати когось із життя без попередження? Якби Бог був добре вихований, то спочатку мав би попередити про візит. Тоді кожен міг би підготуватись. Чому Бог такий? Чи він не розуміє, що від його вчинків людям може бути прикро?

Ми вийшли з будинку і блукали містом. У моєму животі починало бурчати, а мама досі не вирішила, куди ми прямуємо. На дворі темніло. Я боявся, що ми так і залишимось посеред темряви, на вулицях цього моторошного і негарного міста.

Раптом ми почули чийсь голос, коли переходили дорогу.

– Вітаю, пані. Мене звуть Оскар, а вас?

– Мене – Маркіза, що ви хотіли?

– Мені здається, що ви новенькі в цьому місті.

– Так.

– Я з радістю вам допоможу.

– Але ж ми не знайомі, Оскаре.

– Зі мною ви будете в безпеці. Можеш на мене розраховувати. Я не маю лихих намірів.

– А мій син?

– Певна річ, я допоможу і йому.

Я здогадався, що мама не зовсім радіє такій пропозиції, але за наявних обставин ми не мали вибору. Ми були загублені, голодні і замерзлі. Щойно втратили домівку і не знали куди податись. Дивно, але я довіряв Оскару. Його карі очі були сповнені тепла. Поряд з ним я почувався у безпеці. Оскар був німецькою вівчаркою, мав сильне тіло і цупку шерсть. Я навіть подумав, що так міг би виглядати мій тато.

Разом із Оскаром ми рушили незнайомими вулицями великого міста. Через деякий час опинились на околиці, де було багато смітників і бруду. Ця місцина виглядала ще страшніше, ніж та, біля нашого старого дому. Мама хвилювалася, я також. Я дуже боявся, що з нами станеться щось погане, або ми знову зустрінемо тих злих чоловіків. На кінці однієї вулички ми побачили чимале скупчення котів і собак. Їх було, мабуть, з десяток. Білі, руді, чорні та лататі. Деякі менші, інші більші. Усі вони виглядали як старі, вкриті пилюкою, меблі. Деякі були настільки худі, що я не розумів, як їм вдається триматися на ногах. Найбільше на тлі цілої групи вирізнявся білий пудель. Він був наймолодший.

Оскар представив нас усьому товариству, а нам пояснив, що ці коти і собаки – його друзі. Запевнив, що ніхто нас не скривдить. У кожного з них, так само як і в нас, була нелегка доля, їх також покарав Бог. Покарав? Бог не тільки забирає людей, а ще їх мучить? Цікаво, чи такий

# Гектор, собача історія

Бог також має тіло й душу? І якщо так, то чи вони все ще разом? Де він взагалі проживає і яким правом забирає людські життя? Чи він кращий за людей? Мої роздуми перебив голос мами, яка почала розпитувати нових знайомих про їхнє життя.

– Що ви тут робите?

– Ми такі ж, як ви, – тварини, яких люди позбулися або залишили самих, – відповіла одна кицька.

– Нас ніхто не позбувся, – обурено відказала мама.

– Вибач, Маркізо. Лу не хотіла тебе образити, – вибачився за подругу Оскар.

– А де ви берете їжу?

– Їжу ми відбираємо у продавців магазинів або у інших котів та собак.

– Та це ж розбій!

– Так, але це наша єдина можливість вижити, – пояснив Оскар. – Глянь на цю бідолашну! – Оскар кивнув на білого пуделя. – Це Міні, їй всього десять місяців. Її батьки загинули під колесами автівки.

– Яка страшна історія. Невимовно жаль. Може Міні подружиться з моїм сином. Він також щеня.

Мама підморгнула Міні, а потім легко мене підштовхнула. Не знаю, що вона мала на увазі. Може хотіла, щоб я поговорив з Міні? Чому б ні. Може Міні знає більше про Бога і мандрівки душ. Зрештою, душі її батьків також відлетіли.

– Годі! – обірвав розмови Оскар.

– Що таке? – запитала кицька Лу.

– Думаю, час показати новеньким нашу домівку.

– Безперечно.

– Ходіть за мною, Маркізо, – доброзичливо звернувся до Мами Оскар.

– Дякую. Гекторе, тримайся мене.

– Вже йду, – весело подріботів я за мамою.

Я радів, що після стількох годин на вулиці ми нарешті потрапимо у якийсь дім. Я уявляв дім просторим, де кожен з тут присутніх має свою окрему спальню. Мені здавалося це логічним, дивлячись на те, скільки нас. Чесно кажучи, я не міг дочекатися, щоб побачити нашу нову домівку.

Ми пройшли кілька вуличок і наблизились до величезного будинку, який нагадував фабрику.

– Ласкаво прошу! Це наш дім, – пояснив пес на ім'я Макс.

– Оця розвалюха?! – не стримала здивування мама.

– Для нас це дім. Проходьте. Тут будете в безпеці.

Мої мрії розбилися. Фабрика таки вражала розмірами, але тут не було жодної спальні. Узагалі не було нічого, окрім золотих лусок і чогось, що нагадувало червону фарбу. Місце лякало вибитими шибками, облупленою штукатуркою і незнайомим запахом. Тут було

ще страшніше, ніж у нашому попередньому домі. Я не міг повірити, що матимемо тут прихисток. Мені знову нестерпно захотілося повернутись у село.

Неохоче ми зайшли всередину. Настала ніч. Моє місце було поряд з Міні, яка на добраніч розказала мені історію про те, як опинилася серед друзів Оскара. Виявилось, що Міні, так само як моя мама, була породистою і жила в красивому будинку за містом. Може навіть її батьки були знайомі з моєю мамою? Може були сусідами?

На відміну від мами Міні не мусила брати участі у конкурсах краси, бо була ще мала. Натомість її батьки подорожували по всьому світі. Були красивою парою пуделів з величезною кількістю нагород, знані аж у самому Відні. Одного дня у їх домівку увірвалися чоловіки, яких Міні називала офіцерами. Офіцери були агресивні і гучні. Вони розтрощили меблі та вибили вікна. Жорстоко поводилися з господарями Міні. Я не зовсім зрозумів, що з ними сталося, бо Міні дуже нервувала через ці спогади. Тільки обмовилася про постріли, червоні калюжі і забризкані червоним стіни та як бігла з батьками вулицею, коли їх зненацька осліпило світло великої автівки. Далі Міні не пам'ятає нічого, тільки Оскара, який зализував її поранену лапку. Історія Міні справді була трагічною, й мені стало соромно, що я так часто нарікав на своє життя. Мої переживання ніщо у порівнянні до страждань, які випали на долю такої милого створіннячка як Міні. Не зважаючи на це, я відчував, що в нас багато спільного, і дуже хотів ближче пізнати Міні. Тепер я знав, що в цьому новому місці в мене принаймні буде братня душа. Розповідь Міні і переповнений враженнями день мене заморили. Я ліг на землю і заснув. Це була моя перша ніч в новому незнайомому місці без моєї улюбленої ковдри.

Настав ранок. Разом із Оскаром ми вирушили на пошуки їжі. Я швидко вивчив правила цього місця та мої нові обов'язки. Зазвичай ми ходили у той квартал міста, де містилися найкращі ресторани і пекарня. Найкоротша дорога вела через цвинтар, який мене страшенно лякав. Та з часом навпрошки ходилося навіть приємно. Ближче до центру місто виглядало куди кращим і елегантнішим. Більшість кухарів звикла до наших навідувань і лишала для нас смачні рештки. Бували щасливі дні, коли нам вдавалося отримати навіть шматочок торта чи морозиво. Завдяки Оскару я пізнав нові смаки. Добряче поївши, ми йшли на галявину. Там я досхочу бігав, стрибав і перекидався на запашній травичці. Я був щасливий і вільний. За цей час я дуже зблизився з Оскаром і сприймав його як старшого брата. Потайки плекаючи мрію, щоб Оскар зійшовся з моєю мамою і став моїм новим батьком. Оце було б чудово! Десь так промайнули мої два роки.

# РОЗДІЛ V

# НОВИЙ ДІМ

Одного дня, прокинувшись, я мав дивне передчуття, що щось станеться. Одразу сказав про це мамі.

– Синку, не хвилюйся. Адже сам бачиш, як непогано нам живеться.

– Наче так, мамо.

– Звісно, так.

– Чи можу я піти з Оскаром сьогодні до м'ясного магазинчика пана Шайдера?

– Разом учотирьох підемо туди сьогодні, – почувся голос з-за дверей.

– Оскаре!

– Привіт, малий!

– Чому ти сказав, що нас піде четверо?

– Бо сьогодні йдемо ти, твоя мама, я і Міні.

– Міні також?

– Це чудово. Коли рушаємо?

– Негайно!

– Ура, ура!

Як сказала мама, заповідався чудовий день. Погода теж нам сприяла. Було тепло і сонячно. Ген-ген чувся шелест листя та пташині співи. Чи не вперше я відчув, що околиця не така страшна, а до життя в фабриці можна звикнути. Завдяки моїм новим друзям кожен день був насичений справами, і я не міг скаржитися на відсутність товариства. Ми були сім'єю, з якою я дуже зріднився за два роки. Моя мама теж непогано почувалася у новій ситуації і по-своєму була щаслива.

Отож ми йшли перевірити м'ясний магазинчик. По дорозі завітали в кілька дрібніших, заглянули до місіс Гайнц. Це було весело. З Міні ми знайшли спільну мову із самого початку і добре розумілися. Мені подобалось гуляти з нею, ми могли годинами теревенити про те, що кожне з нас любить, що ми бачили в місті тощо. Міні була мені найкращою подругою і єдина уміла мене розрадити, коли на мене накочували погані спогади. Я відчував, що ми ідеальна пара, яка підтримує одне одного і взаємно піклується. Заради Міні хотілось вставати щодня, а спільний час летів так швидко, наче ми знайомі все життя.

Ніде правди діти, між мамою і Оскаром також швидко виник міцний зв'язок. Було видно, що мама добре почувається в його товаристві і довіряє. При Оскарі мама була спокійною і усміхненою. Думаю, Оскар давав їй давно забуте відчуття безпеки. До того ж, Оскар цінував мою маму за її елегантність і чуйність. Він часто жартував, що йому дуже пощастило, раз такий простий пес, як він, міг зустріти настільки благородну душу. Оскар ніколи не зізнавався прямо, але всі знали, що він закохався у Маркізу з першого погляду. Я шалено тішився, що ці двоє разом. Не дивно – Оскар піклувався про нас і давав відчуття дому, який ми втрачали не раз.

Оскар був природженим лідером і виділявся серед інших собак. На перший погляд справляв враження задуманого, та насправді завжди був насторожі. Кожен його рух був чітким, а ще він умів багато незвичного для собаки. Міг зубами відчиняти двері, долати різні перешкоди та високо стрибати через паркан. Був дуже гнучкий і швидкий. Один із котів по секрету розказав мені, що Оскар раніше служив в поліції. Але кіт не вмів пояснити, як сталося, що такий умілий пес потрапив у притулок. Подейкують, що на завданні Оскар отримав поранення, тож власникові довелося його віддати. Однак усієї правди ніхто не знає, а сам Оскар неохоче розповідає про себе. Як тільки заходила розмова про нього, він міняв тему, а потім філософськи переводив розмову на те, що треба думати про майбутнє, а не вертатися до того, що лишилося в минулому. Думаю, його історія була для нього болючою, і якби він мав таку можливість, то стер би її з пам'яті. Мама намагалась не розпитувати надмірно і просто цінувала його сьогоднішнього. Вона дуже хотіла,

щоб Оскар відчував її глибоку вдячність і мав підтримку. Мама хотіла дати йому любов, яку колись відкинув Рекс.

Обійшовши магазини, ми, як завжди, пішли в бік галявини. Коли переходили через дорогу, зліва вилетіла машина. Далі пам'ятаю все як в тумані. Світло, скрип гальм, удар. Мені закрутилося в голові. Перед очима все поплило, десь там колувала мама, на задньому плані чувся крик Міні. Як у дурному сні.

– Гекторе! Обережно!

– Що? Мамо!

– Аааааааааааа...! Гаав!!

– Гав, гав. Мамо!

– Маркізо, обережно! – крикнув Оскар.

– Мамо, мамо, вставай!

Якусь мить я стояв мов вкопаний і не міг дихнути. Крутив головою на всі боки, аж до мене дійшло, що сталося. Швидко підбіг до мами, яка нерухомо лежала посеред дороги.

– Мамо, що з тобою? Скажи що-небудь!

– Нічого, синку. Просто мені недобре.

Я не знав, що робити. Ходив колами і роздивлявся навсебіч. Навколо були люди. Мама повторювала, що їй холодно. Я чув, як мене гукає Міні, але не міг розібрати що вона хоче. Світ знову загойдався. Я перевів погляд на маму.

– Маркізо не вмирай, прошу, ні! – сумно гавкав Оскар.

– Бувай, синку, люблю тебе!

– Мамо, не покидай нас!

– Не турбуй маму, малий. Вона вже нас залишила.

– Оскаре, чому вона? Чому?

– Мені дуже шкода, Гекторе.

Я не міг стриматися. Почав вити і дерти тротуар. Це несправедливо! Вона мені так потрібна! Це моя вина, моя! Чому я не подивився на всі боки перед тим, як ступити на дорогу – почав скавуліти. Я відчув на загривку язик Оскара, а за мить його лапа пригорнула мене до себе. Я почувся малим цуценям у обіймах батька. Підняв очі і глянув спочатку на Міні, а потім на Оскара. В його очах побачив пустку, точнісінько таку, яку бачив в очах пана Трапа, після смерті пані Маргарити. До мене дійшло, що Оскар сильно кохав мою маму, і зараз його серце розбите. Мені хотілося завити і притулитися ще міцніше, та сили залишали мене. Я підібгав хвоста і зсунувся на Оскара, який похилився наді мною і турботливо лизькав по голові.

– Це не твоя вина. Видно, так хотів Бог, – намагався втішити мене Оскар.

– Бог? Той самий Бог, що забрав пана і пані Трап і батьків Міні? Той самий?

– Так.

– Ненавиджу його! Нащо він це робить? – я почав кричати.

З моїх очей полилися гіркі сльози. Мені було невимовно зле. Я не міг перестати плакати. Я так хотів, щоби мама встала і сказала, що це був тільки дурний жарт. Боже, чому ти покликав її саме зараз? Боже, де ти? Боже, чи ми колись зустрінемося?

– Мамо!!!

Я закрив очі лапами і ліг біля мами. Усього мене пронизував біль. У голові шуміло. Я не знав, що з собою зробити. Хотів пригорнутись до мами, до її тіла, бо душа вже, певно, відлетіла. Чи вона полетіла до пані та пана Трап? Чи мама тепер буде щаслива? Чи було їй боляче помирати? Чи хтось знає відповіді на ці питання? Голова тріщала від надміру думок.

Мені було так погано! Я лежав десь хвилин п'ятнадцяти, аж відчув чиюсь лапу. То був Оскар, який намагався допомогти мені встати.

– Вставай, малий. Мусимо йти.

– Оскаре, мені так сумно.

– Знаю, Гекторе. Мені теж прикро, але ми нічого не можемо зробити.

Оскар взяв маму на спину, й ми пішли на нашу улюблену галявину Він відніс її до прекрасного дерева з дрібними білими квітами. Я ніколи раніше тут таких не бачив. Квіти були ніжні-білосніжні, як мамине хутро. Усю галявину враз залило неймовірне сяйво. Листя дерев зашелестіло, а промені сонця відбивалися у яскравій зелені. Тихий вітерець підхопив пелюстки квітів у тан, і кольоровий пилок здійнявся в повітря.

Оскар вирив яму, в яку поклав маму. Потім загріб її і написав на землі лапою «Маркіза». Ожили спогади з похорону пані Маргарити. Я хотів запитати у Оскара, що означає хрест і нащо його малюють чи ставлять. Та щось мені не вистачало повітря. Знову закрутилося у голові, і лапи мене не тримали.

Все що відбувається – це тільки страшний сон. Насправді я живу в своєму улюбленому сільському будиночку під Віднем. Дні проводимо на прогулянках та розважаючись у садку, ведемо довгі бесіди з мамою, яка є найкрасивішою собакою на всю округу. Про мене дбає, аякже, родина Трапів – пан Тадьо і пані Маргарита. Найкращі у світі, і я їх так люблю! Вони люблять нас, ми всі щасливі разом. Таким був мій світ, який раптом розбився. Замість будинку – стара фабрика. Родини більше немає, я залишився сам. Це моя реальність. І коли я собі це усвідомив, з очей знову полилися сльози. Глянув у небо. Здалося, що час зупинився.

Почало темніти.

– Гекторе, ворушись. Треба йти. Вже пізно.

– Як це? Ми щойно прийшли?

– Ні, малий, ми тут вже декілька годин. Ти завис давненько.

Ми повернулись до фабрики, хоч я не хотів нікого

бачити. Усі намагались мене якось втішити. Знаю, вони хотіли допомогти, але мій біль був настільки сильний, що ніхто не міг його стишити. Це був найгірший день у моєму житті. Я справді хотів залишитися наодинці. А найкраще було б зникнути.

Міні переймалася мною особливо. Вона добре розуміла, що я відчуваю, і як важко змиритися з тим, що я залишився сам. Треба усвідомити, що більше ніколи не почуєш голосу коханої особи, не відчуєш її дотику і більше ніколи її не побачиш. Чим більше про це думаю, тим більше відчуваю біль.

– Мусиш забути про маму.

– Так, як ти це зробила?

– Так, це найкращі ліки на біль. З часом зрозумієш.

Забути? Нізащо не можу! З того моменту кожен мій день минав сумно, аж до 19 березня 1944 року. Мені було шість років. Одного дня мене зненацька відпустило нещастя. Я прокинувся під чудовим сонцем від співу птахів. За вікном зеленіло, в повітрі витав пилок і запах квітів. Уперше за довгий час я почав день зі спокоєм на душі і без болю в серці. Я не перестав думати про маму, але відчув, що вона живе у мені і хоче, щоб я був щасливим. Підсвідомо я розумів, що повинен знов тішитись життям. Мама би цього хотіла. Її смерть не може бути даремною. Я маю жити заради неї, щоб вона на тому небі могла посміхатись і втішатися. Колись Бог покличе і мене. Ми знову будемо разом. Я хочу мати що їй розказати.

# РОЗДІЛ VI

# ВИКРАДЕННЯ

Як щодня, ми з Міні пішли на прогулянку околицями.Мимоволі повернули на довгу поперечну вулицю, а там вийшли на дорогу, що вела до сміттєзвалища. Раніше ми ніколи в цих місцях не бували, тож ідея видалася цікавою. Чим не чудова нагода познайомитись з іншими закутками. Тим більше, що старі стежки у мене асоціювалися з мамою і нашими спільними прогулянками. Було сумно ходити тепер тими ж вулицями, знаючи, що її вже немає зі мною. Нові місця обіцяли були цікавими, але за кілька метрів, практично за містом, краєвид різко змінився. У повітрі стояв дивний запах, з сусіднього сміттєзвалища чувся скрегіт якоїсь техніки. Крім кількох будівель і контейнерів нічого там не було. Ніякої зелені, лише невелике дерево за смітниками. Ми з Міні розуміюче переглянулись – треба вертатися. Нам точно не подобалося це місце, і жодне з нас не мало бажання лишатися тут ні хвилини довше. Ми вже хотіли розвернутися і дременути щосили. Як раптом перед нами з'явилась група агресивних собак.

– Гррр... що ви тут робите? Це наша територія!

– Вибачте. Ми не знали.

– Це вас не виправдовує... гррр..! Хапай їх!

– Ааааа... Міні, тікай!

Я думав, що загину, але в цю мить Оскар з друзями вискочив із кущів.

– Залиште їх!

– Не втручайся, Оскаре, грр..!

– Бо що?

Як тільки Оскар вимовив ці слова, перед нами раптом зупинилася чорна машина. Відчинилися двері, агресивні пси, підібгавши хвости, почали тікати. З машини вийшов високий згорблений чоловік, одягнений у зелені штани й темне пальто. На мій подив, він схопив мене за шкірку й кинув на заднє сидіння. Я закляк і не знав, що робити. Страх паралізував мене. Смикнувся, щоб втекти, та чоловік енергійний рухом зачинив двері і від'їхав. Я почав гавкати.

– Гав, гав. Міні! Оскар!

– Гекторе, тікай, тікай!

– Я не можу! Допоможіть!

– Гекторе!

– Допоможіть!

# Гектор, собача історія

Мої друзі зникли з поля зору. Я злякався не на жарти. Машина їхала в абсолютно невідомому мені напрямку. Десь через тридцять хвилин ми проїхали через якісь великі золочені ворота, за якими виднівся ошатний білий будинок, гарний наче палац. Зліва його оточував густий ліс, праворуч – сільські хатинки. Будинок мав десь три поверхи. Він нічим не нагадував знайомих мені кам'яниць і фабрику. Мені спало на думку, що таким, ймовірно, міг бути будинок мами. «А може це він?» – закрутилися думки. На мить страх зник, поступившись надії, що зараз я побачу маму. Не знаю чому, та я на мить повірив, що мама таки жива, повернулася до свого родинного дому і попросила привезти мене до неї. Мама хотіла показати мені, як тут гарно, і відтепер ми знову будемо разом. А може я помер і лечу на небо? Отакої! Що ж, певно таки, зустріну маму! Я відчув радість на серці і хотів волати: «Мамо!», та тут мене знову міцно вхопили за шкірку. Чоловік витяг мене з машини і замкнув у клітці, яка стояла біля воріт будинку. Чоловік зник. А незабаром повернувся з іншим, розкішно вбраним паном, який почав мене роздивлятись.

– То ти повернувся, Альфреде.

– Так, пане. Ось собака.

– Оця шкапа?

– Так.

Невже цей елегантний пан вважає, що я схожий на коня? «Дивний чоловік», – подумалося. Ситуація загалом була мені незрозуміла. Я не знав, як поводитися і що плануютьці люди. Чи краще сидіти тихо і вдавати наля-каного, яким я зараз насправді був. Чи почати вириватись і спробувати втекти? Другий варіант міг би вдатися, якби я мав поняття, куди бігти. Тим часом, я й гадки не мав, як далеко перебуваю від фабрики, і чи ми взагалі ще у Відні. Що ж, принаймні ясно, що я не сплю і не попав на небеса. Не бачити мені мами. Вона точно не дозволила б так поводитися зі мною. Мені було сумно, що час нашої зустрічі ще не настав. Та якщо це не рай, то де я, в біса, і хто ці люди? Чому вони мене викрали, і що збираються зі мною зробити? Моя голова знову розривалася від запитань.

– Я казав тобі принести білого пса.

– Цей дуже гарний, пане. Панночці Лаурі точно сподобається.

– Сподіваюся. Лауро, Лауро!

– Чого тобі, тато?

– Ходи сюди, негайно!

– Біжу!

На мій подив, перед моїми очима з'явилась висока красива дівчина з довгим чорним волоссям. Здавалася симпатичною. Вона нахилилася наді мною і втупилася великими карими очима. Її погляд був такий пронизливий, що я відчув мурашки на шкірі. Відчув, що я їй не подобаюся.

– Лауро, ось тобі нова собака.

– Оцей приблуда? Ну, тато...!

– Не подобається тобі? – допитувався заможний пан.

– Ні. Я не хочу його.

– Альфреде, забери з мого дому це нещастя і принеси білосніжного пуделя.

– Чистокровного, тато, породистого!

– Так, пане.

Ну що ж, я не сподобався новим господарям. Цікаво, що зі мною тепер буде. Може чоловік, який привіз мене сюди, виявиться таким добрим і відвезе мене назад. Я ненавидів фабрику, той сморід і бруд, але там був мій дім. Там були мої друзі. Я хотів знову бути з ними, ділити спільний обід. Підсвідомо, однак, відчував, що більше друзів не побачу. Боявся, що знов залишусь сам.

Чоловік різко схопив мене і знову кинув на заднє сидіння. Вивіз мене десь неподалік залізничних колій. Вийняв з клітки і погладив. Потім кинув мені шматок ковбаси. Грюкнув дверима і поїхав.

– Бувай, песику!

– Гав, гав!

– Мені ти подобаєшся. Такий гарний брунатний, як смажена кава.

«Гав, гав! Про що це він?» – питав я сам себе. Чоловік сів у автомобіль і все. Я знову залишився сам – один-однісінький як палець. Мені хотілося плакати, але не було сили. Я підібгав хвоста і згорнувся в клубок. Мені хотілося спати. Перед сном я вирішив з'їсти ковбасу. Голод мучив, бо востаннє я їв вранці перед прогулянкою з Міні, а це було багато годин тому. Потому таки скрутився калачиком і заснув.

Переночував на колії. Вранці мене розбудили сонячні промені. Я відчув, як розігріте залізо пече тіло. Відчував голод і спрагу. У мене не було ні сили, ні бажання ворушитися. Тоді я пригадав усміхнену маму і відчув, що не повинен здаватися. Може вона дивиться на мене зараз і сумує, що я розклеївся. Тож зібрався рушати далі. Я не мав поняття, куди йти, але пригадав мамині слова, що кожна дорога веде додому. Хотів вірити, що зможу повернутися на фабрику. Я дуже сумував за Міні.

Дорога вела вздовж колій. Неподалік фабрики теж були колії і стара залізнична зупинка, тож, якщо пощастить, я міг повернутись додому ще сьогодні. Усі, безперечно, хвилюються через мене і не можуть дочекатися, коли повернуся. Ця думка додавала мені сил. Я вірив, що дім десь зовсім поруч.

Дорога видалася нескінченою. Цікаво, куди я дійду. Сонце припікало все сильніше. Більше не можу, гааааав, гааа... Падаю з ніг!

# РОЗДІЛ VII

# У ПОШУКАХ ЩАСТЯ

Якщо добре пам'ятаю, я знепритомнів. Коли прийшов до тями, то лежав у якомусь будинку, в кошику, на червоній, м'якій і пахучій подушці.

– Він прокинувся, тато! – крикнула дівчинка.

– Погляньмо, люба! – відповів чоловічий голос.

Світ гойдався перед моїми очима. Я був сонний і збентежений. Не знав, де я і що відбувається. Може це рай? – думалося. Якщо так, то зараз побачу маму та пані і пана Трапів! Нарешті втішуся, що ми знову всі разом. Раз я тут, то це означає, що Бог покликав мене. Тільки коли це сталося? Нічого не пам'ятаю. Не пам'ятаю, щоб мене хтось кликав на тих рейках. Пригадую тільки світло, поїзд і гуркіт коліс. Може Бог говорив так тихо, що поїзд його заглушив? Але, з іншого боку, я тут, тож мусив його почути. Я відчув слабкість і, здається, знову втратив сили і зомлів.

Коли я вдруге отямився, наді мною стояла група людей, імовірно, родина. Вони тепло мені усміхалися.

# Гектор, собача історія

Дивина та й годі! Може я досі сплю. У животі забурчало, тож я інстинктивно встав і пішов у напрямку кухні. Люди, певно здивовані моєю поведінкою, пішли в іншу кімнату. Здавалося, я знову залишився сам у цьому небі. А може вони пішли покликати маму?

— Привіт, крихітко! – крикнула до мене гарненька кішка.

— Хто ти?

— Мене звати Клео.

— Що за дурне ім'я?

— Дурне? А тебе як звати?

— Гектор!

— Це теж дурне ім'я, але не сперечаймося.

— Звісно, вибач. Скажи, що це за люди?

— Які люди?

— Ну... ось ці тут. Люди.

— Розумію! Про цих питаєш. Та дівчинка з кучерявим волоссям – Марися. Її старшу сестру звати Зуза, їхні батьки – Дорота та Марсель Квятковські.

— А як я сюди потрапив?

— Пан Квятковський тебе приніс.

— Знаєш, де він мене знайшов?

— Наскільки відомо, ти лежав на колії.

— Він бог? Власник неба?

— Ні, дурнику. Ми у звичайному домі.

– Шкода, значить я не побачусь з мамою.

Мені стало прикро. На мить я сподівався, що врешті зустрінуся з мамою. Я був впевнений, що вже на небесах. Рай міг би бути таким. Наче копія реальності, з тією тільки відмінністю, що тут не буде нічого лихого, й всі будуть вічно щасливими. Раптом я відчув дотик котячої лапи.

– Гей, малий! Не спи! Ти не голодний?

– Так, голодний як собака.

– Ходи за мною. Я дам тобі шматок м'яса.

– М'яса? Круто! Я його давно не їв.

– По тобі видно. Ти страшне худий.

Я пішов за Клео до холодильника. На відміну від котів, яких я знав з фабрики, Клео була дійсно дуже доглянута. Її чорна шерсть аж вилискувала, а довгий пухнатий хвіст гордо погойдувався на боки. Її зелені очі дивилися пронизливо, але не страшно. Клео мала в очах дивовижне сяйво, яке викликало у мене велику повагу до неї.

Клео виявилась дуже гостинною. Дала мені не тільки обіцяне м'ясо, а ще миску з водою. Я припав до миски, як ненормальний. Пив, скільки лізло. Ніколи досі вода так не смакувала. Клео просто дивилась, а іноді посміювалась. Думаю, моя поведінка була для неї дуже дивною.

Годинник вибив дев'яту вечора. Я ліг спати. Відчув ніжні дотики на своєму писку. Це була маленька Марися.

– Прокидайся, песику. Вже ранок.

– Гав, гав, ранок?!

– Вставай, ледащо!

З цими словами дівчинка побігла на кухню, а я за нею. Не знаю чому, це був рефлекс. Може згадалось, як мене вранці будила пані Маргарита і проводила на кухню.

Тут почувся голос пані Квятковської.

– Іди сюди, песику! Дам тобі смачної курочки.

– Гав, гав!

– Який він гарний. Як ми будемо його звати? – запитала Зуза.

– Може Макс?

Між членами родини почалися жвава дискусія. Чесно кажучи, я був настільки зосереджений на їжі, що мене не дуже цікавило, що вони там обговорюють. Хай це не було небо, та мені пощастило, що я потрапив саме сюди і можу наїстись, перед тим як знову опинюсь на вулиці. У них вже був кіт, тож сумніваюсь, що вони хотітимуть ще собаку. Особливо такого як я, без роду й племені. Проте в душі я мріяв знову мати дім і нормальну сім'ю. Хотілося щодня прокидатися на м'якій підстилці, снідати, бігати у садку, не перейматися тим, чи матиму що завтра їсти, буде дощ чи сонце. Я хотів знову жити нормально. Відтоді, як померла мама, я відчував себе дуже самотнім. У мене наче й були чудові друзі, з якими я весело проводив час. Та в серці я відчував велику порожнечу і смуток.

Раптом розмови припинилися, і пан Квятковський тицьнув у мене пальцем. Умить усі мене оточили й похилилися наді мною.

– Дивіться, що у нього на шиї?

– Якийсь бант з написом.

– Що тут написано?

– Гектор.

– Думаю, що це його ім'я.

– Так, звісно. Гектор! Гектор!

Почувши своє ім'я, я почав стрибати і вимахувати хвостом. Яке щастя, що вони зрозуміли, що я Гектор, а не Макс. Цікаво, чи подобається їм моє ім'я. Цікаво, чи я їм подобаюся. Такий який є, звичайний і безпородний. «Може я зможу залишитися з ними», – мріяв тихо.

Між членами сім'ї знову почалися перемовини.

– Зузо, чому б тобі сьогодні не погуляти з Гектором у парку?

– Добре, тато.

– А мені можна? – запитала Марися.

– Так.

– До речі, зайдіть у притулок і запитайте, що повинен їсти такий пес як Гектор.

– Як скажеш, мамо.

То ми таки йдемо на прогулянку. Сподіваюся, вони не ведуть мене віддавати. Дівчата вбрали кольорові пальта, а мені натягли на шию червоний шкіряний нашийник з прикріпленою мотузкою. Між собою називали це повідцем. Наче все було непогано, але спочатку я відчував себе дивно, коли ця річ висіла у мене на шиї. Пані і пан Трап ніколи не прив'язували мене. Але що робити, нові люди, нові правила. Мабуть собакам у цих краях годиться носити отаке.

Зуза відчинила двері, і ми вийшли. Надворі стояла приємна літня погода. Сонце пригрівало, та не пекло. Дув легкий вітер, у повітрі літав пилок квітів. Будинок стояв у гарній околиці. Перед нами відкривався захоплюючий краєвид на галявину, а вдалині виднілися інші білі будинки з червоними дахами. Цей пейзаж нагадував мені мої рідні місця. Наше господарство містилося в подібному місці. Може навіть воно день неподалік. Ет, розмріявся...

– До зустрічі, мамо і тато!

– До зустрічі. Дивіться за Гектором.

– Добре.

Околиці дому Квятковських були зовсім не такими, до яких я звик після переїзду до Відня. Будинки відремонтовані та чисті. Біля кожного дому огороджені невеличкими парканами садки. Загалом навколо було повно зелені і гулялося приємно.

На котромусь повороті ми звернули у бік парку, що виднівся неподалік. Тут я відчув, як повідець видовжився – я міг вільно бігти! Почав стрибати й перекидатися у траві. Мало не забув, як це весело! Трава була м'яка і гарно пахла.

Так я собі розважався, аж хтось мене штурхнув. Обернувся, бачу – переді мною стоїть Оскар! Той самий Оскар. Я не міг повірити, невже це не сон.

– Оскаре, друже!

– Привіт, малий! Не можу повірити, що бачу тебе тут.

– Що ти тут робиш?

– Бачиш оту жінку в капелюсі з квітами?

– Так.

– Це моя нова пані. Вона знайшла мене і вирішила доглядати за мною. А як у тебе справи? Навіть не уявляєш, як я радий бачити тебе цілим і здоровим.

– У мене все добре, а де Міні?

– Не знаю.

– Як, вона не з тобою?

– Два тижні тому втекла з фабрики шукати тебе.

– Справді?

– Так.

Те, що я почув від Оскара, мене дуже засмутило. Мабуть Міні дуже переживала, що мене вкрали. Вона стала апатичною, рідше виходила з дому. Не хотіла ні з ким розмовляти. Могла цілими днями сидіти біля входу на завод і дивитися на ворота. Наче божевільна. Згодом взагалі перестала виходити з фабрики, аж одного дня просто зникла. Вона справді пішла мене шукати...

Міні була мені дуже близькою. Я багато віддав би, щоб побачити її знову. Сподіваюся, про неї піклуються і вона щаслива там, де є зараз. Я б не пережив, якби знав, що через мене з нею трапилося щось лихе. Дуже вірю, що колись ми знову зустрінемося. Може на небі?

– Не хвилюйся, Гекторе. Все буде добре, – намагався втішити мене Оскар. – Твоя мама приглядає за тобою.

Я хотів сказати ще щось, але знову відчув шарпання повідця. Це був знак, що ми повинні йти. Мені було сумно прощатися з Оскаром, але найголовніше, що він був щасливий. Він заслуговував на найкраще за все, що зробив не тільки для мене. Оскар допоміг багатьом самотнім котам і собакам. Він завжди буде для мене героєм і батьком. Якби я мав вибір, то залишився б з ним, та все змінилося. Тепер у Оскара новий дім, і хто знає, може я теж знайду свій.

– До побачення, Оскаре!

– До зустрічі, малий! Знай, що я буваю у цьому парку щодня. Бувай!

Як і планувалося, ми пішли в притулок. Марися постукала у ворота. Двері відчинилися – і перед нами постав літній посивілий чоловік у червоній жилетці та коричневих вельветах. Був трохи згорблений, але мав погідне обличчя. Поглянув на мене, потім посміхнувся дівчатам.

– Привіт!

– Доброго дня! – привітався з нами.

– Що вас привело до мене, діти?

– Ми хотіли дізнатися, що має їсти наш пес і чи він здоровий.

– Розумію. Будь ласка, пройдіть за мною.

Ми увійшли в будівлю. Пан, якого дівчата називали ветеринаром, поставив мене на столі. Оглянув і, здається, запевнив, що я здоровий, бо дівчатка привітно посміхалися мені і гладили-гладили.

Ой! Я відчув, як щось мене штиркнуло, потім знову ніжності. Подивився на лікаря, який тримав у руці дивний інструмент із голкою. Не знаю, що сталося, але, на щастя, боляче було тільки мить. Мене зняли зі столу, а дівчатка далі обіймали мене й чухали. Блаженство!

– Дуже дякуємо!

– Будь ласка.

– То як його годувати?

– Давайте все корисне і домашнє. Я міг би вам про це розповідати довго. Краще прочитайте книжку про виховання собак.

– Добре, а де її купити?

– Я можу вам позичити. Хочете?

– Ура! Ура! Дуже дякуємо.

Хм... вони хотіли купити книжку про догляд за мною? Чи це означає, що хочуть мене залишити. Нехай це буде правдою. До речі, цікаво, що про собак можна почитати в книжках. І чи є книжки про інших тварин? Чи написано в них щось про рай? Мені спало на думку, що варто пошукати книжки про небо й тоді дізнаюсь, як зв'язатися з мамою. Може, навіть є якісь карти з дорогою. Я знову розмріявся.

Мої дівчатка вже попрощалися з чоловіком, і ми попрямували до виходу. Вже збиралися вийти, як раптом щось підказало мені глянути праворуч. Під стіною стояла стара дерев'яна буда, а біля неї – клітка середнього розміру з білим пуделем, що дуже нагадував Міні. Здалека можна впізнати було той самий сумний погляд, який був у Міні, коли ми зустрілися. Я не міг стриматись. Потяг з усієї сили. Маленька Марися впала на коліна. Мені було шкода, я зиркнув назад, але мала була в порядку. Я погнав до клітки.

– Міні, Міні! Це я, Гектор! – горлав щосили.

– Гекторе!

– Подруго, це ти, справді ти! Навіть не уявляєш, який я радий тебе бачити.

– Як ти знав, що я тут буду?

– Я не знав. Оскар сказав мені, що ти втекла.

– Так, правда. Я хотіла тебе знайти.

Я не міг дивитися, як Міні сидить у клітці. Я почав стрибати й гамселити з усієї сили, сподіваючись, що зможу клітку відкрити. Але без результату. Тож я скочив нагору і спробував розгойдати клітку. Мені хотілося

вити. Ми з Міні нарешті знайшли одне одного, а я навіть не можу її обійняти. Я так розійшовся, що зовсім забув про дівчат. Мабуть, вони добряче перелякані цією ситуацією, і тепер точно не захочуть узяти мене додому. Хай так буде, бо я зможу залишитися з Міні.

Утім почув голос Зузи, яка довгенько мене кликала.

— Гекторе, хто це? Чому вона тебе кличе?

— Це моя нова власниця.

— У тебе нові власники? Заздрю.

— Може хочеш жити зі мною? Вони чудово годують і піклуватимуться про тебе.

— Серйозно?

— Так.

О, як це було б чудово, якби ми з Міні жили у домі Квятковських. Та після моєї непередбачуваної поведінки вони можуть не захотіти навіть мене. От що тепер робити? Як маю вчинити? Підійти до них і лягти на спину? Як пояснити, що Міні моя подруга, і я хочу, щоб вона пішла з нами. Шкода, що я звичайний пес і можу тільки гавкати.

Дівчата, явно стурбовані моєю поведінкою, відійшли на кілька кроків і почали говорити про мене та Міні.

— Думаю, він її знає і навіть любить. Що скажеш?

— Вона дуже гарна і така пухнаста.

— Може заберемо її додому?

— А що на це батьки?

– Вони певно погодяться, якщо ми їх переконаємо, що Гектор буде щасливий.

– Добре. Візьмемо її.

– Дякую, Зузо. Ти чудова сестра.

– Перепрошую, хочемо взяти цього песика. Можемо?

– О, будь ласка. Здається, ваш Гектор знає Міні.

– Міні?

– Так, так її звати.

Коли я почув, що Зуза нас кличе, мені полегшало. Я був такий щасливий. Хотів стрибнути на руки Зузі, але боявся, що вона цього не любить. Я вирішив обійняти її ногу і лизати їй руки, коли вона нахилилася до мене. Дівчинка, мабуть, зрозуміла мій жест, бо присіла і гладила мене по голові, кажучи, що нема за що дякувати.

Сестрички попрощалися з ветеринаром і скомандували, що ми повертаємося додому. Я біг, сповнений радості. Був такий щасливий, що й повідець мені не заважав. У Міні не було повідця, тому Зуза взяла її на руки. Цього разу мене вела маленька Марися. Я мав бути обережним, щоб не тягнути її занадто сильно. Не хотів, щоб мала через мене знову впала.

Я не тямився від щастя, і дорога додому видалася надзвичайно короткою. Не пам'ятаю добре, коли ми проходили повз парк і як опинилися вдома.

Удома нас чекали батьки, які, судячи з їх облич, були неабияк здивовані, побачивши Міні.

– Привіт мамо, привіт тато.

– Привіт! Що це за собака? – запитали.

– Це подруга Гектора.

– І ми маємо розуміти, що вона залишиться у нас?

– Так, тому що вони не можуть одне без одного жити. Мамо, це друзі!

– Справді?

– Так, благаємо, мамо, тато!

– Собачка здається милою. А ви будете доглядати за двома собаками?

– Так!

– І будете вигулювати обох?

– Звісно, мамо, звісно, що так. Тільки, будь ласка, нехай вони залишаться з нами.

– Добре. Як її звуть?

– Міні.

До нас підійшла пані Квятковська. Нахилилася, а потім ніжно погладила мене і Міні за вухами. Коли сказала: «Ласкаво просимо, малята», моє серце переповнила невимовна радість. Нарешті у мене знову буде дім і велика сім'я. Знову буде як колись. Мамо, ти щаслива? Напевно ти зараз дивишся на мене з неба і дуже радієш. Тобі більше не треба за мене хвилюватися.

З того дня ми з Міні були нерозлучні. Разом їли і гралися з дівчатками. Учотирьох щодня ходили на прогулянки. Нам було дуже добре. З часом я почав звикати до своїх нових власників. Навіть їх полюбив. Міні також полюбила Клео. У моєму житті запанували мир і злагода. Я ще сумував за мамою, але був щасливий.

# РОЗДІЛ VIII

# ЩАСТЯ

Все було добре до 23 травня 1946 року. Того дня маленька Марися захворіла ангіною. У неї піднялася висока температура. З самого ранку вся сім'я нервово металася по хаті. Вражена Клео перестала стрибати по канапах.

О дев'ятій задзвонили у двері. Це був лікар. Протягом наступної години він оглядав Марисю, розмовляв з її батьками. Тепер я знав, що він встановлює діагноз, щоб вилікувати дівчинку. Я придивлявся до нього з великою увагою. Лікар був зосереджений. Час від часу щось конспектував і повторював кожну дію двічі. Міні сказала, що це свідчить, що він справді добрий лікар.

Спостерігаючи за ситуацією, я почав згадувати той день, коли померла пані Маргарита. На мить мене пройняв неспокій – невже Бог вирішив покликати до себе і маленьку Марисю. Невже він може бути таким несправедливим. Адже Марися ще дитина. Помирати для неї зарано? Ні, це точно так закінчитися не може. Марися обов'язково повинна одужати. Треба мислити позитивно, – повторював я собі.

– За деякий час лікар підвівся з крісла й сказав.

– У вашої дочки ангіна.

– Ангіна? Як її лікувати?

– Поки нічого не можемо зробити. Треба почекати, аж дівчина поборе лихоманку.

– Чекати? Як....

– Вибачте. Організм молодий, тому він повинен сам із цим впоратися. На жаль, на даний момент я не можу дати їй ніяких ліків, крім аспірину, щоб знизити температуру. Ліки можуть ще більше її послабити. Прошу, не нервуйте, все буде добре.

– Ми можемо їй якось допомогти?

– Будь ласка, спостерігайте за дочкою, давайте багато пити і робіть компреси. Не хвилюйтеся. До побачення!

Лікар зібрав речі і пішов. Пані Квятковська сіла і взяла за руку пана Марселя, який стояв поруч. Зуза взяла мене на коліна й обняла маму. Мені здалося, що час зупинився. Отак ми просиділи з годину. Мене охопив сум, як тоді, коли хворіла пані Маргарита. І ось я знову розгублений і паралізований страхом. Я не знав, що робити, тому затих в обіймах Зузи і обережно лизав їй то щоку, то руку. Я відчував, що це єдине, що можу зробити. Глянув на Міні. Було видно, що вона теж страждає і почувається так само безсило.

Пан Марсель знову підійшов до ліжка і поміряв Марисі температуру.

– Що там, любий? – зі страхом у голосі запитала Пані Квятковська.

– Сорок градусів!

– Боже мій! Дзвони по лікаря!

Менш ніж за годину лікар був у нас знову. Він помітно нервував і обливався потом. Цього разу його рухи були рвучкі. Він знову вийняв інструменти й оглянув дівчинку.

– Ваш чоловік сказав, що температура піднялася до сорока градусів.

– Так.

– Це погано, бо означає, що температура росте, – лікар поклав дівчині руку на чоло. – Вибачте, але нічого не вдієш. Здається, організму не вистачає сил, щоб подолати хворобу.

– Що? Любий!

– Не плач, будь ласка.

– Мамо, чи Марися помре? – запитала Зуза.

– Не кажи так, донечко. Не можемо втрачати віру.

Усі почали плакати й обіймати дівчинку. Я не міг більше цього бачити. Відчув таку сильну тривогу, що не витримав і заскочив на ліжко до Марисі. Я лизав її, тулився до неї, заліз їй попід руки. Батьки і лікар тим часом вийшли у вітальню. За дверима чулися гіркі ридання Марисиної мами і сестри. Пан Квятковський, навпаки, мовчки нервово ходив туди-сюди, час від часу поглядаючи на лікаря. Останній мовчав і тільки скрушно хитав головою.

Через кілька годин, як за помахом чарівної палички, рум'янець на обличчі дівчинки зник, а на її блідому обличчі з'явилася легка посмішка. Мариса розплющила очі і міцно обняла мене.

— Гекторе, ти справді мене любиш?

— Гав-гав! – ствердно і радісно загавкав я.

Почувши голос дівчини, родина кинулася до її ліжка. Усі гладили мене і плакали. Я не зовсім розумів чого, але в той момент відчував велике піднесення. Розумів, що зробив щось добре, хоча насправді нічого не зробив, бо просто лежав біля Марисі й облизував її руку.

Я почувався потрібним. Щоб висловити вдячність, я знову лизнув щоку своєї маленької пані й гавкнув.

До ліжка підійшов лікар. Він ще раз оглянув дівчинку і виміряв температуру. Термометр показав 37 градусів. Доктор схвально поглянув на мене, потім лагідно посміхнувся батькам.

— Здається, лихоманка припинилася.

— Лікарю, то тепер все буде добре?

— Дівчинка ще дуже слабка, але якщо температура знову не підніметься, одужає.

– Ми такі щасливі! Можемо щось зробити?

– Найголовніше, щоб Марися багато пила і їла, навіть якщо не має апетиту.

Лікар попрощався і пішов. Я залишився на ліжку Марисі й лизькав її руки. Відчув всеохопну радість у серці і спокій водночас. Я дякував Богу, що він передумав і не покликав до себе дівчинку.

Через два дні Марися була цілком здорова, щоб піти зі мною та Міні гуляти на терасі. Поверталося нормальне життя. З тих пір я ще більше любив мою нову сім'ю і не вередував, навіть коли мені щось не смакувало. Я відчував себе таким щасливим, як багато років тому, коли ще жив із родиною Трап. Через рік після хвороби Марисі Міні народила трьох прекрасних цуценят. Щоб ніколи не забути своїх друзів, ми назвали дітей: Тадьо, Маргарита та Оскар. Так я завжди пам'ятатиму тих, хто мене по-справжньому любив.

# ПРО АВТОРКУ

З 12 років Рената мріяла видати власну розповідь, щоб зібрати гроші для фонду, який опікується собаками. Її задумом було спробувати відповісти на питання, як виглядав би світ і наше життя з точки зору собаки, який шукає дім на тлі подій Другої світової війни. Багато в чому ця історія може відображати наше життя, з темами дорослішання, справжнього кохання, дружби та пошуку приналежно сті.

Рената таки здійснила свою мрію. Написала прекрасну історію про любов і дружбу між тваринами та цуценя на ім'я Гектор, що шукає щастя. Барвисті ілюстрації та обкладинка розроблені надзвичайно талановитим і відомим індонезійським ілюстратором Ірфаном Буді Харджо.

Рената вважає, що собаки, як і люди, мають особистість і почуття. Вони виражають це очима, гавкаючи і виляючи хвостом. А якби вони ще вміли говорити! Недарма кажуть, що собака – найкращий друг людини. Відомо багато прикладів дивовижної дружби між людиною і собакою.

А хіба не цікаво уявити, як виглядає світ очима собаки. Чи справді собачий світ чорно-білий? Чи сприйняття дійсності хвостатими настільки далеке від нашого? Чи собаки теж щодня стикаються з труднощами життя і шукають відповіді на екзистенційні питання? А якщо так? Чи не хотілося б вам знайти відповідь на питання, чи собаки у своєму житті також переживають і відчувають ті ж емоції, що й людина?

Тому створена ця книжка, яка може бути і людською історією. Ця оповідка – дивовижна й універсальна розповідь про пса на ім'я Гектор, який, як і всі ми, з'явився на світ недаремно і над усе хотів знайти щастя. Це також красномовний доказ того, що собаки бачать людину не ззовні, а зсередини.

Ще одна перевага книжки полягає в тому, що прибуток від продажу піде безпосередньо до фондів підтримки наших чотирилапих друзів і дітей. «Я хочу віддати, що можу, для тих, хто найбільше цього потребує», – наголошує Рената. Якщо знаєте такі школи чи благодійні фонди для собак, Рената із готова вас вислухати.